KB123590

진심은,
지름길을 좋아하지 않는다

시류 시집

『진심은, 지름길을 좋아하지 않는다』

모두가,
싫음싫음 앓는다

우리는,
다치고 싶지 않아 닫히며 지냈던

당신을,
앓아가며 알게 되는

나는,
사라지며 살아지는 것일 뿐

이 글들을 이유로
이 글을 쓴 사람은 어떤 사람일까 궁금해하기보다

이 글들을 이유로
당신의 마음속에 가장 먼저 떠오른 이는 누구인지

마음을 더듬어
그 사람에게 한 걸음 더 나아갈 수 있는

길을 찾아 주세요

모두가,
싫음싫음 앓는다

차이

나를 이해하지 못하면
다른 사람

내가 이해되지 않으면
틀린 사람

어항 속에 뇌 담그며
새집 안에 심장 가두는 사람들

내 안에서 나는

나이기에
다르다고 느끼는 것뿐일 텐데

나이기에
바르다고 느끼는 것뿐일 텐데

함께 부딪혀 쓰라려도

내가 아프면 상처
네가 아프면 추억

감성 피임

콘돔을
심장에 쓰고 산다

진심 한 번
잘못 쏟아내면

인연으로
번식될까 두려워서

뛰어지지 않아서

횡단보도 건너편
이제 막 출발하려는 버스

계단 내려가다 들리는
지하철 도착 소리

나이 들어 뒤늦게
만나지는 인연은

늘 그렇게
놓치곤 한다

붙잡으려 뛰는 모습
보이고 싶지 않아서

내 가슴 가득
숨이 차오를 것이
두렵다는 핑계로

걸음도
심장도
이제는 잘 뛰어지지 않아서

내 것 아닌 사랑 같아서

인형뽑기

제일
쉽고

가장
가까이 있어

잠시
집중하려는 마음을

감히
진심이라고

인간이라 더디다

마음은
계절 탓하며
더디 가더라도

계절은
마음 탓하며
더디 간 적 없었다

시간은,

결심을
기다려주지 않는다

엇갈림

가까워지고 싶은 날

꼭
멀리 있는 사람들

내가 힘들 때
바쁜 이들은
서운한 사람

내가 바쁠 때
힘든 이들은
한가한 사람

외롭고 힘들 때만
찾아지고 보고파지는

타이밍에 닿아지고
타이밍에 이별하는

나이 탓 시간 탓
가냘픈 경계선

시큰하고 이기적인
어른 타이밍

착각

아픈 건
그냥 아픈 것이다

견디면
곧 지나가는 것

견디지 못 할 일은
사실 없는데

우리들은
웃을 수 있는 날
웃지 않는다

그것이
내 지난 기억에 대한 예의

라고 생각하며
라고 착각하며

벚꽃놀이

예쁘다 감동하고
짓밟으며 걸어가는
행복한 사람들

낙하한 분홍 잎들
핑크핑크 짓이겨져
피를 흘린다

봄꽃처럼 피었다
봄꽃이라 사라지는
순간의 계절

모른 체 고개 돌린
고목들의 나이테가
원망스럽다

방수제

비행기 창문에서
내려다본 옥상들

모두가 예외 없는
초록색 사각형

젖지 않는 텃밭을
언제 저렇게도
처발랐을까

참 예쁘지도 않을

빗물받이
세상받이

성인병

나이를 먹을수록
시름시름 앓는다

무엇이 그리도 불편한 게 많을까
무엇이 그리도 안되는 게 많을까
무엇이 그리도 우울한 게 많을까

모든 것이 다 좋았던
모르는 것이 더 좋았던

미워도 증오까지는 아니었던
짜증도 투정 같아 밉지 않았던

그때,

라며 그리워만 하는 우리
라고 한숨 쉬며 사는 우리

그렇게 어른들만
싫음싫음 앓는다

오늘의 운세

여기서는
횡재수에 짝도 생기니
여행 가라 하고

저기서는
고독하게 돈 쓰는 날이니
외출 삼가라 한다

보는 것마다 다르고
뭐가 맞는 것인지 알 수가 없다

정해진 것 없이

내 선택과 의지로
달라지고 바뀌며
결정되는 그것이구나

나이

마음이든
살갗이든

'닿는다'라는 것에

예민해지고
민감해진다

그만큼
닿아지는 사람이
닿아지고 싶은 순간들이

줄어들고
잃어지며
사라진다

딱,
내가 먹은 나이

그만큼만
소중해지는 까닭이다

쉬움 우선

'이해'보다
'오해'가 쉬운 세상이지

'쉬운' 건
'아무'나 할 수 있는 건데

'아무'도
'아무나'는 되고 싶지 않을 텐데

'쉬운' 것만 하려고
살아가는 사람들

혀부터 내밀면서 사랑이라고

가슴에도
넬름넬름

혀가 달렸으면
좋겠건만

입술보다
먼저 말할 수 있게

벚꽃놀이 2

열한 달 기다려서
잠시 곁에 피었을 꽃

꽃 지면
마음 지는

고작 한 달
피고 지는

잔인한
분홍 꽃놀이

주사위

서로의 앞으로
던져지는 순간

마주한 면,
숫자 하나로 확신하며

상대를 읽었다고
자신하는 사람들

남들도 다 보는
숫자만 읽으면서

바닥에 가려진
숫자는 못 보면서

보이지 않는 마음은
짐작조차 못 하면서

공감 능력

영화나 TV 드라마들 속

껍데기 주연보다
알맹이 조연들이

더 눈에 띄고
더 이해되기 시작하듯

현실 속
시선 안에서도

이내
그렇게 되어가는 이유

다르다

기억은
같아도

추억은
다르다

잘
해준 것을 후회하는 사람과

못
해준 것이 후회되는 사람은

표지만 보고 시집을 사려는 당신에게

그 책 재미없는지
네가 어떻게 알아

밑줄 꼬박 쳐가며
읽어는 봤니

나라는 사람 속
아무리 책장 넘겨봐도
그어진 밑줄 하나 없는데

내가 널
얼마나 생각하는지

내 마음속
네가 얼마나 쓰여있는지

네가 어떻게 알아

봄과 여름 사이

속없는 고백들이
난사되는 밤

나이가 들수록
밤이 길어질수록

그래,

설렘만큼
좋은 진통제도 없겠지

엇갈리기
참 좋은 계절

벚꽃놀이 3

지금 아니면 안 될 것 같은
조급한 설렘

나도 따라 터질 듯
분홍 맘 피우고파
마음만 동동 구르다

지고 나면
부질없이

떨어진 꽃
밟고 걷는,

봄꽃처럼
피려다가

벚꽃처럼
지는 마음

길을 잃는 이유

사람은
길을 따라 걸어도

사랑은
길을 따라 걷지 않는다

곧 미안해져야 하는 관계

내가 좋아하는 사람보다
나를 좋아하는 사람이

더
가까이 느껴질 때

사랑해서
닳아지는 것 아닌

가까이 있어
만져졌었던 관계

벚꽃 놀이 4

계절에게 베여
새빨간 피가 솟는데

뭐가 그리 좋아
눈부시게 웃고들 있을까

살갗 미치도록
깊숙이 간지러운 꽃 칼날

계획적인 사월이의
나른한 연쇄살인

그래서 늘 고독

노력하지 않고
얻어지는 것들이

매번
끊지 못할 중독

솔직하지 않아도
얻어지는 맘들이

결국
나중에는 맹독

애절하게 먼저
솔직할 수 있는

진심
그것만이 해독

그럴 테니까

결국,
계절이 끝나지만

어느새
또

다시
계절을 기다릴 테지

여름이라서가 아니라

그저,
계절이라서

겨울이 오면
가을에게도 그럴 테니까

연인이라서가 아니라

그저,
인연이라서

또 다음 사랑이 오면
그 사람에게도

그럴 테니까

마주 선 마음들

나를 사랑해 줄 사람
찾으려

내가 사랑하는 사람
거르는 과정 속에

서로를
걸러내는

마주 선
마음들

나에겐 여럿이어도
너만은 여럿이면 안 되는

걸러내고 있으면서
걸러지는 건 싫은

마주 선
사람들

쏟아진 가을

새빨간
보도블록 위

노란 손바닥들이

데덴찌,
데덴찌,

편 나누어
이리저리 몰려다닌다.

이제서야
물러갈 곳 찾았나 보다

중년

심장
두근거릴 때마다

삐걱삐걱
낡은 녹물이 튄다

19금 아니어도
살냄새 한가득

수위 조절
해야 하는

농익은
암컷 나이

발정 난
수컷 나이

항상 우울한 이유

오늘
우울한 보상으로

내일은
사랑받겠지

기대하지 마

내일로
미뤄둔 사랑이라서

우울한
오늘인 거야

마치 자신은 다 익어있는 것처럼

익었는지
덜 익었는지

뾰족하게 찔러보는
온도계 같은 마음들

익었으면
맛있게 먹고

덜 익었으면
아차 싶어 물러서는

말뿐인 비겁들

다 익고 나면
누구에게나 맛난 것 아닐까

얼만큼 익었을지
눈치 보기 그 전에

먼저 내밀어지는 것이
순수한 사람 마음

까짓,
배탈

화장실 몇 번 더 가면 그만인 것을

말이라는 건

낚싯바늘
미늘과 같은 거야

깊숙이 찔러 넣었다가
아차 싶어 빼내려면

너덜너덜 헤집어

가진 살점
다 찢어내야 하지

어장관리

낚시를
하려거든

평생을 함께 할 수 있을
하얀 고래 한 마리를 잡아

어부 짓 어장 짓
잔바늘 초릿대
여기저기 뿌려대지 말고

고래가 낚고 싶음
너의 무게를 지켜

널린 미끼마다
모두 베어 물어

저렴해진 입술
뜯기지 말고

반복연애

하고픈 건
대화

해야 하는 건
설득

하고 있는 건
반복

결혼정보회사

주관식 문제의 답을
객관식 보기에서 찾고 있구나

수많은
보기들만 늘려가는

수 쓰며
선 긋기 문제들만 출제하는

수학 능력 평가

걱정을 하려거든

당신을
걱정하는

그 사람을

걱정해야지

만년 세입자

'집'이라는 것이

돌아갈 수 있는
'곳'이라는 것이

쉴 수 있는
'곳'이라는 것이

참 필요하고
참 고마운 '것'이었구나
실감하는 요즘

그래,

'사람'은
'집'과

참
많이
닮아 있구나

홍대입구

검은 밤
하늘 위로 번쩍번쩍

붉은 여드름들이 터진다

로맨틱하지 못한 노출
젊음 아닌 절음을
흉기로 휘두르는 아이들

발라진 토악질
쏟아진 찌라시

난지도가 부활한다

누군가 담아 간 흥이
누군가에게 짐이 되어 버린 새벽

나는 이제 눈물이 다 난다

기억은 하는가
한때 이곳은
꽃보다 나무가 더 예뻤던 길

우리 젊은 하루들이
자라났던 곳이었다

돈

피라면
땀이라면

나의 부모가
내가 사랑하는 사람이

쏟아내고 흘려
견뎌낸 만큼의
댓가로 받아진 것이라서

벌어온 이의
피땀을 담아
시큰하게 건네야 하는 것이라면

우리는
이것을

지금처럼
쉽게 꺼내 쓸 수 있을까

스마트폰

읽는 것들
많아진 만큼

잃는 것이
많아져 간다

보는 것들
많아진 만큼

봐야 하는 것을
못 보고 산다

May

어린이날에
어린이여서
가슴 아픈 아이들이
없었으면 좋겠다

기념일이면 오히려
기념이 될 수 없어
더 상처가 되었을 마음들

생일날에도
성탄절에도

외롭지 않아야 하는 날이라서
더 외로워지고 마는

아픈 날들이
되지 않았으면 좋겠다

슬기로운 보호자 생활

환자로든
보호자로든

큰 병원 생활 경험한 이들은 알게 되지

건강을 잃는다는 게
얼마나 많은 이들의
눈물을 담보로 해야 하는지

사랑하는 사람
챙겨줄 부지런함을 이유로

정작
자신은 챙기지 못하는

그
게으름이

사랑하는 이들을
결국
더 아프게 하는 일이라는 걸

참아지는 사랑도 사랑이라고

매일 보고 싶은 마음
열심히 참으며
일주일에 하루라도
너무 좋아 보다가

매주 보고 싶은 마음
간신히 참으며
한 달에 한 번 정도
아쉽게 볼 테고

한 달에 한 번은 봐야지
하는 생각이 들어
계절에 한 번은
스치듯 만나지다

매일 보고 싶어진
다른 사람에게
자리를 내어 주는
반복을 하겠지

백 년도 못 살면서

천년의 마음을
참으며 사는

희망 사항

말은

늘
혀의,

글은

늘
마음의

희망 사항

괜찮지 않아도 괜찮아

적지 않은 사람
작지 않은 마음

마침표들
촉촉하게 젖어가는 하루

이리 와
어서 와

질척이는 맘이라도

실컷
힘껏

닦아줄게

당신을,
앓아가며 알게 되는

너를 처음 봤던 그때

봄
두고 걸어도

꽃
보지 못했던 나는

칼 맞았던 자리에
꽃을 맞았네

꽃
던진 사람은

봄
닮은 사람

너에게 반하는 순간

지금 이 순간
나는

너에게
나를 전하는 것을

왜
이렇게

서두르고
서투르고

일기예보

내 하루의 일기가
어떻게 쓰일지
예보하는 사람

내 하루의 일기를
훔쳐보지 않아도

당신의 시간을
지켜만 봐도

내 평생 일기가
예보되는 사람

미더덕

툭!

깨물어
내 안에 스며들어도

찌그러지지 않는
속 비워지지 않는

끝없는
설렘

잊지 말고
잃지 않고

쪽쪽쪽

닿는다

베고 누운 베개처럼

양 볼에
닿는다

포근 덮은 이불처럼

하얗게
닿는다

창문 틈 불어온 봄바람처럼

어깨에
닿는다

좋아하는 옷 살갗에 고이듯

가슴에
닿는다

어느새 다가와

영원히
닿아진 사람

내가 먼저 사랑해

설렘도 숙성되어
일상의 반복 속에
지쳐가지만

오랜 시간 사랑해온 이들에게
이런 고비는

함께 손잡아 넘기 위해
존재하는 선물

다름을 틀림이라 원망하지 않는
다툼을 싸움이라 실망하지 않는

마음이 비좁아도 사랑해
표현이 모자라서 미안해

내가 먼저 미안해

우리

이 사람을 위해서라면
내가 다쳐도 괜찮을 것 같은

잘 알지도 못하면서
다칠 준비부터 하려고 하는

그 사람을 바라보는 한 사람

다쳐도 괜찮다면서
다치지 않으려고
멀리서만 바라보는

한 사람을 좋아하는 그 사람

봄

바람은
꽃 끝만 닿아도 좋듯이

당신은
손끝만 닿아도 좋겠다

이미
다 가진 계절

벌써
다 나은 계절

맘살

촉촉한 바람
살갗 닿으면

당신 볼살
보송보송
베고 누워

당겨 안은
입술 이불

밤새 덮고
자고 싶어

꽃잎에 처음 닿은 나비처럼

계절이
다리를 놓아

꽃잎
불어오고

봄바람
피어나네

닳아지는 시간
닮아지는 사람
닿아지는 살갗

당신이
마음을 놓아

뽀얀 볼
붉어지고

입술
기울어오네

한 여름밤

너에게
나는

소나기로 내렸으면 좋겠다

피할 틈 없이
순간으로 듬뿍 쏟아져

흠뻑
쓰러트릴 수 있는
장맛비였으면 좋겠다

숨 가쁘게 젖은 너를
남김없이 안고 싶은

땀 냄새 가득한
7월의 밤

꽃밭에서

구름이
붉고 푸른 너울을 친다

눈으로도 들을 수 있는
꽃분홍 파도 소리

넋이 나간
파란 쟁기

쓸모도 없이
행복하게 쓰러져 있다

당신뿐이야

불쑥 다가오는 사람

이따금 만나지지만

이렇게 다가와
떠나가지 않는 사람

불쑥 다가와
떠나가지 않을 사람

당신뿐이야

꽃보다 예쁜, 꽃병 같은 사람

곁가지 꽃이면 어때요

당신 손에 들리면
장미꽃보다 예쁜걸

단 바람 부는 달밤에는

창밖
넘어 들어온

살갗
닿는 바람

혀끝까지 한껏 올라
단맛 가득하다

그렇게 나도 따라

훌쩍
넘어 들고 싶은

당신 방
창문턱

나의 모든 계절

꽃 핀다고
겨울 가지 않아요

당신이 피어야
봄 오는 것을

햇살 쏟아져도
밝아지지 않아요

당신이 웃어야
눈부신 계절

성탄 앓이

새빨간
두근두근

싱싱한
초록 핏줄

터질 듯
반짝반짝

성탄 트리 같다

당신 앞
내 심장은

응급한
계절

응큼한
계절

그렇게 사랑해요

오늘이 계절이라서
내일이 주말이라서

나를 사랑하지는 말아요
너를 사랑하지는 말아요

계절 지나고
주말 지나면 끝나버릴
시한부 심장 아닌

오늘이 당신이어서
내일도 당신이어서

사랑할 수 있을 때
아낌없이 쏟아 낼
영원할 마음이어서

너를 사랑해요
나를 사랑해요

불치병

애틋한 나의 손가락 끝을
당신 사진 위로

매일매일
쌓아 올리며

치료가 되지 않는
설렘

완치가 불가능한
보고픔

당신을 앓아 가며
당신을 알게 되는

당신을 알아 가며
당신을 앓고 있는

감히 사랑해

겨우 한술 뜬
당신 밥숟갈 위에

작은 반찬 하나
놓아주려 하는

젓가락질
서툰 마음이지만

감히 위로해
무너지지 마

감히 사랑해
부서지지 마

답

이 사람
사랑해도 괜찮을까

라고 물을 때

이 사람
사랑하지 않아도 괜찮을까

이 사람
다신 보지 못해도 괜찮을까

라고 물으면

우리는,
다치고 싶지 않아 닫히며 지냈던

오직 한 사람

사랑은
표현하는 것이다

내가 당신을
이만큼 원하고 사랑하고 있다는 걸 보여주는 것이다

망설여지고 쉽지 않은 표현도
그 한 사람에게만은
주저하지 않아도 되는 것이다

계산과 짐작 없이
100%의 솔직함으로 표현하면
아깝거나 부끄럽지 않은 것이다

입 맞추고 싶을 때
손잡아 주고 싶을 때
터질 듯 안아주고 싶을 때

어떻게 말할까
어떻게 생각할까 보다

그저 그 순간 망설임 없이

내 품에 당겨 안아
손잡고 입 맞출 수 있는 것이다

유일하게
이 세상에서

내게 그러라고
내가 그래도 된다고
신이 허락한

유일한
한 사람이기 때문이다

미안은 쌓인다

사랑하는 사람에게
반복하는 잘못과 실수는

사라지는 것이 아니라
쌓이는 것이다

아무렇지 않은 척
나를 인내해 주더라도

아무렇지 않은 것은
아니기에

없었던 일로 되는 것은
아니기에

미안은

사랑보다
늘 먼저 쌓인다

더 많이 사랑하려다 망설이는 순간

따르던 생맥주 거품도 아닌데

걷어내고 거르지 않는
마음이면 좋겠다

마음껏 흘러넘쳐도 좋으니

뿌리보다 씨앗이 먼저인 것을

차를 마시다 문득
생각했다

담긴 찻물이 더 힘들까
담아낸 찻잔이 더 힘들까

차를 마신 후 문득
생각했다

남겨진 찻잔이 더 아플까
사라진 찻물이 더 아플까

한참
지나고 나서야 알았다

우리는

왜
'힘들까'와 '아플까'만 생각했을까

담기고 담아낼 수 있었던
행복한 서로를

왜
남겨지고 사라지는 서로라
생각했을까

왜
헤어질 걱정부터 하는 마음으로
사랑을 하려고 했던 것일까

우리 젊은 날

닫히느냐
다치느냐

늘 그것들 고민하다
핑계와 변명으로
계절들을 쌓는다

다치고 싶지 않아
닫히며 지냈던

서두르고
서툴렀던

너와
나의

젊었던 날
절었던 날

자책

거울 밖에 있는
자신만을
탓한다

거울이 찌그러진 줄은 모르고

좋다는 건

사는 날 모두
좋지 않아도

좋은 건
좋은 걸 거야

좋아했던 시집 속
들어있던 시들
모두가 생존하지 못한 것처럼

그래도
그 시집

아직 많이 좋아하는 것처럼
아직 많이 생각나는 것처럼

모두 다
좋지 않아도

좋다는 건
좋은 걸 거야

사랑 다툼

누가
이겨도

우리는
지는 걸

맡김을 당한 반려동물처럼

순간의 사랑이
그것일 수는 있더라도

버티면서 만나고
견디면서 유지하는

우리가
꿈꿔왔던 행복이
이것일 리는 없을 텐데

타이밍

일찍 알았어야 했던 것들을
너무 늦게 알았고

늦게 알았어도 되었던 것들은
너무 일찍 알아버렸던

엇갈린
우리 젊은 날

함께라서 아픈 말

'고맙다'
는 말은

'미안하다'
는 말과

함께일 때

가장
아픈걸

비빔밥

다 같은
상처들이다

빨갛게 피 흘리며 비벼진
나물들 같다

색깔과 생김새
서로 달랐을 텐데

낙상한 모두
그저 빨갛다

그것을 사랑이라며

보여주지 않아도
어떤 마음인지 맞혀줄
점쟁이를 바랐던 걸까

짜증 맘껏 부려도
받아 줄 거라 생각한
로봇을 원했던 걸까

왜

내가 하면 괜찮고
당신 하면 괜찮지 않은

거울 보듯
자신은 못 보는 걸까

이해보다
원망이 더 쉬웠던

늘

그것을 사랑이라며

사랑을 할 줄 모르는 우리들의 사랑은

늘 그때뿐인걸

미친 듯이 사랑하고 행복해도
항상 그때뿐인걸

늘 그 순간뿐인걸

아무리 더 나아지려고 노력해도
매번 그 한순간뿐인걸

지나고 보면
지치고 나면

좋았었는데
라고 떠올리며

돌아가고 싶은데
라고 말하게 되는
부질없음 뿐인걸

사랑이 실감 날 때
라는 건

추억이 실감 날 때
뿐인걸

뒤돌아보면

가장
불행했을 때

가장
행복을 수도 있겠다

많이
사랑했을 때

많이
아팠던 것처럼

아라홍련

좋은 화분
좋은 흙
바라지 않고

검붉은
진흙더미
단단한 껍질 속

700년 기다려
꽃이 될 수 있었던 건

우리
라는

분홍색 이유

나는,
사라지며 살아지는 것일 뿐

타이밍 2

뜸을 들이다
불 끄는 것을 잊었다

마음이 타는 냄새

한 사람에게만은

입술 끝만 맞닿아도
심장 터질 듯 설레었던
처음들은

반복과 나중이라는
익숙함으로 무뎌지면
잊힌다

잊힘을
견디거나 극복하는 것까지도
사랑일까

잊히지 않는
처음이고 싶다

너에게만은

너
한 사람에게만은

몽정

살 비벼진
쾌락 아닌

심장 마주 닿아
포개어진 진심으로

느껴졌으면 했던
감성 오르가슴

그러하고 싶었던 밤

겹쳐 누웠던 상상으로
박살 난 아침

어기적
어기적

외로워

혼자 있을 때라서
그렇진 않아

같이 있고 싶어지기 시작할 때

그때부터
그래

한 사람

어젯밤
꽃처럼 젖었다가

오늘 아침
칼날처럼 스며드는

한 사람

달빛 앓이

새벽달
밤하늘

떠오른
당신 볼이

잘 익은
복숭아 껍질 같아

오늘 밤
비비고 나면

내일 밤
온종일 따갑겠지

나이가 들어갈수록

보고 싶다
는 말을 하고 싶은 이들이

보고 싶다
는 말을 참아야 하는 이들이

보고 싶다
는 말을 전할 수 없는 이들이

늘어간다

늙어간다

어른이

네가 나를 보고 싶어 하는 소리를
더 이상 들을 수 없다는 걸 알면서도

비가 올 때마다
귀는 네가 있는 곳을 향해 기울어진다

계절은
습관이 되고

시간은
기억이 되고

되고 싶어 되는 어른 반
되어서 되는 어른 반

너를 보고 싶어 하는 소리를
더 이상 내지 못한다

잃기예보

내가 먼저 놓은 듯해도
시간이 지난 후 기억해 보면

아니,
내가 놓친 것 같은

내가 놓친 듯해도
시간이 지난 후 추억해 보면

아니,
내가 놓은 것 같은

놓았든
놓쳤든

스스로 남겨진 건

결국
나 혼자인걸

왜
나는

늘
잃으며 사는 것일까

그런 사람이 좋아

보이는
사람보단

읽히는
사람이 좋아

겉을
보아주는 사람보다

속을
읽어주는 사람이 더 좋은 것처럼

배려는 일방통행이 아니다

누군가를
잘 챙기고 돌보며
배려하는 이들을 볼 때마다

사람들은
대견해하고 흐뭇해하지만

나는 그때마다

그 사람
걱정이 되고 눈물이 난다

정작 그 사람은

누군가 챙겨주고 돌봐주며
배려받고 있기는 한 걸까 해서

다른 이를 먼저 챙기며
자신은 외롭게 두는 이들이

마냥 밝아 괜찮은 것 같아도
난 괜찮다며 손사래를 저어도

혼자 있을 때 통곡하는 이들이
더 많다는 것을 알기에

불혹

담고 있는 것은
무엇이고

닳고 있는 것은
무엇일까

아파도
아플 수 없는

담는 것보다
닳는 것이 많아서

아팠던 나이

사람과 닮았다

예전에 봤던 영화인데
우연히 지나다
한 장면 언뜻 보게 되면

꼭
한번

또
찾아

처음부터 끝까지

또
다시

보고 싶어진다

사람과
닮았다

발악

남친이었을 때
부족했기에

남편으로는
채워보려고

아들로서는
모자랐기에

아버지로는
넘쳐보려고

사랑을 사랑이라 말하지 못했던 이유

행복해지려고
당신이 필요한 것이 아니야

불행해지더라도
당신과 함께라면 괜찮을 것 같아서
당신이 필요한 거야

라고 말하는 사람들에게
묻고 싶다

사랑하는 이가 겪게 될
불행의 원인이 자신이라면

사랑하는 사람에게
자신의 종양들을
기꺼이 나눌 수 있는지

그래도
그렇게 말할 수 있는지

불혹 2

나이를 씹는 것이
힘겨운 나이

아프지 않은데 아프지 말라며
미리 챙겨 먹는 종합영양제 같은

그런 사랑만 하려다 보니
질겅질겅 씹혀진 나이

단물 다 빠졌으면서
달게 씹는 척해야 하는

나이를 씹는 것이
질겨질 나이

불면증

토막 난
새벽

하얗게
멍든 사람들

눈꺼풀
내려놓으면

그제야
날이 밝는다

항상 아픈 이유

마음을
그렇게 못살게 굴면서

몸이
낫길 바라니

너 때문에, 너를

외로워서
그리워하는 거 아니야

그리워하니까
외로워지는 거지

진심 부스러기

헨젤과 그레텔의
빵 부스러기들처럼

쉽게 찾아올 수 있도록
남겨 놓은 길

당신 위해 흘려둔
흔적들인걸

당신이 알아보지 못하면

아무나 주워 먹을 간식거리로
이내 사라져버릴 마음들인걸

비 오는 날의 법칙

하늘이
흐리고

구름이
낮으면

늘
성급하게

글
끝부터

젖는다

가을 빗소리

물방울이

단풍
떨구는 소리

끈적끈적

마음
떼이는 소리

마중물

숲속에
네가 내리면

바람 속
나무 냄새

숨처럼
네가 가쁘면

심장 속
꽃잎 냄새

비 내리면
예외 없이

내 안에 있는 모든 기억이
기꺼이 따라나서는

행복한 눈물

일요일

미끄러운 건
머릿속인데

마음이
자꾸만 넘어진다

씻어도
가시지 않는

비릿한
기억

당신 냄새
가득했던

토막
하루

꺼억꺼억

영화 속
주인공들은

아무도 모르게
혼자 힘들어야 할 때

관객들이 알아주고
함께 울어주던데

현실 속
나는

아무도 모르게
혼자 힘들어야 할 때

누군가 알아주길 바라면서도
몰래 삼켜야 하는

연애 2

읽어주고,
있어주고,

잃어주고,
잊어주고.

짝사랑

12월이 바라보는 1월은

이렇게도
가까운데

1월이 바라보는 12월은

너무나
멀리 있는

내 마음이 Bar 선반 위, 맡겨진 술병 같아서

행복하고 배부를 때는
잊고 지내다

힘들고 지칠 때만
생각나는 존재인가요

웃음보다 눈물만을 보이려고
내 속을 베어 가는 사람인가요

마음 아픈 표정이라도
당신만 볼 수 있다면 행복했어요

알고 있나요

당신은
나를 불러낸 대가만 지불하면 그뿐이지만

나는 내 모두를 다 비워
당신에게 주고 나면

빈 병 되어
쓰레기통에 버려지는 걸

가을

이
짧은 존재는

매번
유난스럽다

질펀하게 넘어져
흠뻑
쓰라려 놓고

쩌억
쩌억

갈라질 때까지 건조해지면

여름
다음
겨울

있지도 않았던 순간처럼
없어져 간다

있지도 않았던 당신처럼
잊혀져 간다

마음 뺑소니

길이 얼면
자동차 미끄러지듯

표정이 얼면
마음 미끄러지는

닿았다는 걸 느꼈을
그때,

모른 척
달아났어야 했어

기억질

머릿속을
질겅질겅
씹어대면

한 사람의 육즙이
흠뻑 베어 나오는

한 입 한 움큼으로는 모자라
결국 입 밖으로 터져 나와
건더기째 쏟아져 나오는

참을 수 없어
솟아 뿜어져 버리고 마는

토악질

질투

부질없이 젖어버린 생각 심지에
대가리 튀겨 불을 붙이고

닿기까지 타들어 가는
화약 비린내 맡고 있으면

어느 순간
마음속은 전부

재가 되고 말지

그렇게
다 비우고
다 태우고

어느 순간
머릿속은 모두

그가 되고 말지

몽중인

자모음에도
체온이 있었고

목소리에도
촉감이 있었다

닿지 않아도
너를 만질 수 있었던 시간들

말줄임표

점 하나마다
먹먹히 숨어있는
검은색 눈물

입 닫고
마음 닫는
주관식 이유

버티고
견디며

괜찮지 않아도
괜찮아야 하니까

말하지 않아도
알아줘야 해

말하지 못해서
웃어줘야 해

꽃병이 보고 싶은 꽃처럼

시간은

시간을
그리워해

거꾸로

걸어둔 꽃
말라가는 것처럼

살아지는 것일 뿐

사라지는 것은 없어요

사람이
옮겨가는 것일 뿐

자신이
옮겨지는 것일 뿐

사라지는 것은 없어요

살아지는 것일 뿐

진심은, 지름길을 좋아하지 않는다

초판 1쇄 인쇄	2022년 12월 6일
초판 1쇄	2022년 12월 20일

지은이	시류

펴낸이	이장우
편집	송세아 안소라
디자인	theambitious factory

제작	김소은
관리	김한다 한주연
인쇄	금비PNP

펴낸곳	도서출판 꿈공장플러스
출판등록	제 406-2017-000160호
주소	서울시 성북구 보국문로 16가길 43-20 꿈공장 1층

이메일	ceo@dreambooks.kr
홈페이지	www.dreambooks.kr
인스타그램	@dreambooks.ceo

전화번호	02-6012-2734
팩스	031-624-4527

ISBN	979-11-92134-30-7
정가	12,500원